Yann Malaud

PETIT PRÉCIS

APPROX-IMAGINATIF

(et humoristique)

de POLITIQUE

<u>Avant-propos</u>

Ah les politiques avec leur langue de Bois ! Quand c'est l'heure Hache des élections, c'est devenu un Marronnier : ils sont partout à la télé.

Il y a ceux qui se disent Hêtres de gauche (comme Sapin) mais nous parlent de Bouleau alors qu'ils n'ont jamais Buché pour gagner leur Pin quotidien ! Ils ont des Baobab dans la main et Frêne l'économie !

Et ceux sur la branche droite qui draguent les Français de Souche et l'écorce (qui se portent pourtant comme des Charmes) en disant qu'on est Cyprès de la catastrophe et que la France Peuplier sous l'invasion des Marronniers...

Ils sont tous comme le Saule, pleureurs ! Y a comme un Mélèze, et on peut même se demander si ce n'est pas l'Arbre qui cache la forêt... peut-être qu'ils ne sont tout simplement pas très Futaie ?

Bref, ils nous font tellement Scier tous ces Glands, qu'on n'a qu'une envie : c'est de changer de Chêne pour les faire Stère !

Je sais, ce n'est pas du Racine, mais faisons néanmoins feu de tout bois sur la politique, et les politiques, car il vaut mieux en rire !

L'art de la politique,
c'est savoir retourner
sa veste sans en
prendre une !

Quand un politique
écrit un livre, c'est qu'il
espère convaincre
l'électeur.

La politique, c'est
savoir vendre l'impôt
de l'ours avant d'l'avoir
tué.

La politique, c'est
savoir tourner sept fois
sa langue de bois dans
sa poche pour enfoncer
les portes ouvertes
comme on enfile les
perles !

Le propre de l'homme
politique qui ne
manque pas d'air, c'est
d'être assez gonflé pour
vendre du vent sans en
avoir l'air.

Le communisme, c'est
vouloir le labeur et
l'argent du labeur ; le
socialisme, c'est ne pas
vouloir le labeur mais
quand même l'argent
du labeur ; le
capitalisme, c'est faire
travailler les autres
pour du
beurre pendant qu'on
se tape la crémière.

Pour un politique,
l'argent du beurre n'a
pas d'odeur dans les
épinards.

Il a été maintes fois démontré qu'il n'y a aucune question, aussi simple et directe soit-elle, à laquelle un homme politique chevronné ne puisse réussir à donner une réponse équivoque.

L'électeur qui ne voit
que midi à sa porte par
l'petit bout de la
lorgnette, ne voit pas
plus loin que le bout de
son doigt dans l'œil.

En politique, les
professes en l'air
n'engagent que ceux
qui n'ont pas les pieds
sur terre !

Qui fait la politique de
l'autruche à croire au
miroir aux alouettes,
risque de finir plumé
comme un dindon d'la
farce.

Sombre vérité : les politiques illuminés ne sont jamais des lumières.

Parfois, même la
République est
impuissante à cause
des troubles de
l'élection.

Quand viendra le
temps des cerises sur
la tarte à la crème, les
électeurs l'auront dans
l'baba au rhum.

Le danger de
l'extrémisme, c'est
quand il est le fait de
jusqu'au-boutistes qui
dépassent les bornes.

Qui sème au vent des
promesses de Gascon
récolte la tempête
d'une douche écossaise.

Les promesses que les
politiques nous font
miroiter sans réfléchir
ne sont souvent que
miroirs aux alouettes
ne reflétant que leur
irréflexion.

En politique, à force de
piétiner tous les
principes, on finit par
avoir la morale dans
les chaussettes.

Il a été maintes fois
prouvé qu'il n'y a
aucun problème, si
complexe soit-il déjà,
qu'un politique,
tentant de le résoudre,
ne puisse réussir à
faire empirer un peu
plus.

A force de ne jamais
sortir de chez soi, on
s'enferme dans le
nationalisme, la pire
des idées au logis.

Nul doute que s'en remettre au truchement des hommes politiques, c'est littéralement faire… la politique de l'autruche !

OK pour arrondir les angles, mais pourquoi négocier un accord lors d'une table ronde si c'est pour vouloir le signer sur un coin de table ?

Certains politiques
poussent le vice jusqu'à
tirer au flanc.

En politique, toute
vérité est bonne à dire,
à l'exception notoire de
celle qui ne l'est pas.

Un politique
persévérant, à force
d'être bon à rien, peut
arriver à devenir
mauvais en tout.

La poudre aux yeux
doux n'a pas d'odeur
mais blanchir de
l'argent par les
fenêtres ne fait pas le
bonheur.

Il faut souhaiter au
politicien qui passe son
temps à retourner sa
veste, de finir un jour
par en prendre une.

Il n'y a que les
politiques qui savent
faire bonne figure
quand ils ont perdu la
face.

Pour certains
politiques, être un
moins que rien, c'est
déjà quelque chose !

Les politiciens qui ont
la langue bien pendue
parlent souvent à
bâtons corrompus.

Les hommes politiques
qui publient des livres,
au lieu de nous
raconter des histoires,
feraient mieux de se
remettre à l'ouvrage.

Quand un parti
politique perd des
adhérents, c'est qu'il y
a quelque chose qui ne
colle plus.

Les politiques :
certains tapent le
système, d'autres
tapent sur le système,
tous nous tapent sur le
système.

Les utopistes rêvent
que nous soyons tous
fous alliés, mais ce sont
déments songes.

En politique, un moulin à parole qui ne manque pas d'air mais brasse du vent finit toujours par nous gonfler.

En tout Etat de cause
toujours tu
m'intéresses, le
dialogue social est un
dialogue de sourds.

Une limite d'âge
devrait être imposée
aux politiques, pour
éviter la dérive des
incontinents.

Quand nos politiques vaguent et divaguent sans mission : démission ! Quand le parlement est sans solution : dissolution !

Un régime fiscal qui
nous prend pour des
vaches à lait provoque
toujours des années de
vaches maigres.

En démocratie, difficile
épreuve que de voir les
politiques faire le
concours de celui qui
sera le plus mis en
examen, sans même
recevoir son diplôme de
con-damné.

Nos étagères sont
encombrées de livres
écrits par ceux qui en
savent un rayon sur la
manière dont les
hommes d'Etat gèrent.

Le jour où le locataire
de l'Elysée tournera 7
fois sa langue dans sa
bouche, on pourra
parler de révolutions
de palais.

Qui boit les paroles
d'un politique aux
abois, se réveille avec
la gueule de bois.

L'impôt tend à
paralyser la bonne
marche du marché.

Quand à gauche, les
rouges et les verts
voient la vie en rose, à
droite les éminences
grises broient du noir.

Il paraît que la plupart
des hommes de droite
comme de gauche sont
en fait issus du milieu.

L'indépendance de la
justice, c'est pour se
prémunir d'un
président qui a l'aidant
qui raille le parquet ?

Faire la politique de la
chaise vide n'a jamais
permis de sauver les
meubles.

Pour théâtraliser leur candidature, certains politiques font preuve d'un réel talent de menteur en scène.

Le politique qui fait
l'important est un
impotent qui ne
manque pas d'air.

Les politiques jurent
ne pas faire cela pour
l'argent mais rêvent
quand même tous d'un
portefeuille !

En France, il n'y a pas
coq plus fier que le coco
vain.

Dans notre système politique, l'exécutif se tape la cloche et les députés députent.

Un avis éclairé : ne jamais perdre de vue qu'il serait dangereux de se laisser aveugler par un politique illuminé dont les éclairs de génie brilleraient par leur absence de clarté.

L'argent, plus on en a
mis à gauche, plus on
vote à droite.

Taxer les riches pour
donner aux pauvres,
c'est du nivèlement par
le bas de laine ?

Les extrémistes
illuminés ont une
fâcheuse tendance à
prendre leurs Messies
pour des lanternes.

Quand l'administration ne tourne plus rond, on remet ça au carré avec des circulaires.

A l'impôt cible, nul
n'est ténu !

Un politique a beau
être sensible, s'il est
avisé il doit savoir que
tôt ou tard, il
deviendra une cible.

Plus les syndicats défilent, plus le gouvernement se défile.

Un homme politique
qui écrit des livres,
c'est bien sûr pour
qu'on l'élise.

Pour le politique,
abondance de bras
longs ne nuit pas pour
graisser les pattes
blanches des coudées
franches.

En politique, les partis,
on en est revenu.

Il y a des politiques de
tous bords, certains
sont de l'aile gauche,
d'autre de l'aile droite ;
pas facile de choisir son
bord d'aile !

Un dialogue de sourds
entre l'Etat et le
Peuple, c'est quand
l'Etat reste sourd aux
revendications du
Peuple qui lui devient
sourd comme impôt.

Taxes : quand un nouveau Ministre met la main sur un portefeuille, les Français savent qu'ils vont devoir mettre la main... au portefeuille !

Il faut être honnête, la
plupart des résolutions
des politiques sont trop
floues pour être au net.

N'est-ce pas l'ordre des
choses que les forces de
l'ordre s'efforcent à
rétablir l'ordre de
force ?

En politique, rien n'est
plus efficace qu'un
tissu de mensonges
pour tailler un costard
à son adversaire et le
rhabiller pour l'hiver.

Les frondeurs sont souvent des gens qui sont payés au lance-pierre.

Les électeurs devraient
se méfier quand ils
voient venir des
politiciens vers eux.

Un grand débat est
vite nauséabond entre
des faux sceptiques et
des anti-sceptiques, car
ils ne peuvent pas se
sentir.

Quand le monde ne
tourne plus rond, il
faut lui faire faire une
révolution.

A présent, on ne sait
plus où est passé notre
futur.

N'est-il pas paradoxal
de vouloir faire partie
du cercle des
empêcheurs de tourner
en rond ?

Connaissez-vous l'histoire d'une pipe entrée dans les annales (avec 2 n) : celle de Félix Faure, président de la République de 1895 à 1899 ?

Pour les Grecs et les Romains, l'Élysée était le lieu des Enfers où les gens vertueux goûtaient le repos après leur mort.

Préférant gouter son repos sans attendre sa mort, Felix, fort peu vertueux, prit **le mythe au pied de la lettre (Q)** et son pied avec une bonne **pompe en** se faisant piper en grande pompe, à l'Elysée. Hélas pour lui, la mort le rattrapa et il cassa la pipe dans le feu de l'action, expirant en épectase. L'histoire de cette pompe funèbre qui l'envoya 6 pieds sous terre ne dit pas si ce fut sa mort subite ou une morsure sur bite qui interrompit le processus de la pro es suce, mais toujours est-il que la pipeuse de gaule plia les gaules sans piper mot pour ne pas se faire gauler. L'anecdote est connue : "Le président a-t-il encore sa connaissance ?" demande le curé venu lui porter l'extrême-onction. "Non, monsieur l'abbé, elle est partie par une porte dérobée", lui répond-on. Ainsi, la fameuse partie, il ne resta plus que la fameuse répartie (très fine) sur cette partie fine que l'on doit à Clémenceau (rendons à César...) dans une référence à la guerre des Gaules que n'aurait pas reniée De Gaulle : "Il a voulu vivre César et il est mort Pompée".

Pour les politiques,
aller au salon de
l'agriculture, c'est faire
campagne.

Les hommes politiques
les plus courageux sont
souvent les femmes.

Les débats politiques
s'articulent souvent en
3 parties : thèse,
antithèse, foutaises.

Les statistiques sont
formelles : quand il
s'agit de présenter des
chiffres, 1 homme
politique sur 3 est
aussi malhonnête que
les 2 autres.

Pour des élections, normalement on met le cerveau du parti en tête de liste ; mais certaines formations ont du mal à trouver un candidat qui ait la tête de l'emploi.

Il parait qu'à l'ENA, en
LV1 ils font tous
« langue de bois », et en
LV2 « langue de
vipère ».

Toutes les
manifestations fleuves
se jettent dans l'amer.

En politique, un
candidat qui fait
campagne pour battre
les autres, se doit de
battre la campagne.

Si vous en avez marre
que la politique soit un
cirque, arrêtez de voter
pour des clowns !

La sincérité des politiques est un vieux serpent de mer : pour nous faire avaler des couleuvres ils continuent à manier la langue de boa.

En France, on est
tellement taxé, tondu,
sucé jusqu'à la moelle,
qu'il ne nous reste plus
que l'impôt sur les os.

D'antan, le locataire de l'Elysée faisait trier le courrier d'électeurs et les meilleures lettres et il les lisait.

Peut-on se fier à un
politique fier ?

Quand on est dans le
panier de crabes de la
politique, il ne faut pas
se faire pincer à
manger du homard.

Le Français n'entend
plus rien à la fiscalité ;
il est devenu sourd
comme impôts.

Que pensez de ceux qui
arrivent en haut de
l'échelle grâce à
l'ascenseur social ?

Pour réussir à
accomplir des grandes
choses, un politique
doit se forger une
volonté de faire.

Certains députés, en
mal d'épater mais qui
ont du mal à dépoter,
finissent dépités.

Il y a deux types
d'hommes politiques :
ceux qui mentent
comme ils respirent, et
ceux qui mentent
jusqu'à ce qu'ils
expirent.

Les politiques trouvent
d'autant plus facile de
jeter de l'argent par la
fenêtre, que ce n'est
pas le leur.

Il ne faut pas hésiter à
couper un homme
politique qui bafouille
en débitant des
sornettes, balbu-sciant
sa langue de bois, en
l'invitant à stère.

Quand on dit que les Français sont des moutons, ça les rend chèvres.

Parfois, en politique, la
réalité dépasse
l'affliction.

Pour qu'un débat politique prenne de la hauteur, il ne faut pas élever la voix ; il n'y a qu'une règle c'est de mesurer ses propos.

Léon Blum avait de
belles moustaches et le
front populaire.

Le politique suinte les
bons sentiments
comme il respire.

En France, le niveau
des taxes est de plus en
plus imposant.

Nos partis politiques s'évertuant à vouloir faire du neuf avec des vieux, ne lésine pas sur les doyens.

Une république
bananière, c'est un
régime de bananes ?

Difficile d'imposer ses
idées sans être taxé
d'imposteur.

Parce que l'ascenseur
social est en panne,
pour grimper c'est la
course à l'échelle
haute.

En politique, un
moulin à paroles ne
fait souvent que
brasser de l'air.

Formulons une
hypothèse : la synthèse
des foutaises est
l'antithèse de ceux qui
se taisent.

Entre une majorité et
l'opposition, la
ressemblance
analogique entre tout
et son contraire est
comparable à ce qui est
presque pareil que la
même chose, mais en
un peu plus similaire.

Le jour où on
supprimera l'impôt sur
le revenu, organisera-t-
on un impôt de départ
?

Pour taxer les retraites, va-t-on organiser un impôt de départ ?

Pour les politiques
faire campagne à la
campagne, c'est
dépaysant.

C'est parce qu'ils ont le
bras long que les
politiques osent le nous
tomber dessus à bras
raccourcis sans peur de
se faire taper sur les
doigts ?

Diviser pour mieux
régner, c'est chercher à
gagner par chaos.

Les Français ont une
mauvaise perception de
l'impôt.

Le politique qui
retourne sa veste ne
mérite que de se
prendre un revers
électoral.

L'homme est un animal
social ; le français est
un animal socialiste.

Il y a deux France :
une France d'élites et
l'autre qui se délite.

Pour gagner en politique, un candidat doit savoir faire campagne en ville.

Certains politiques
sont proches de leurs
concitoyens, mais la
plupart sont proches
des citoyens cons.

En politique, le niveau
du débat est bas.

Les politiques qui ont
réponse à tout
interrogent...

C'est grave quand ce
sont les ténors d'un
parti qui provoquent
une crise aiguë.

CONTACT

Pour me contacter et vous inscrire à
ma lettre d'information :
ymalaud@yahoo.fr

https://www.facebook.com/LeRoiDesEx
quisMots/

https://www.facebook.com/YannMalau
dAuteur

DU MÊME AUTEUR
(sur Amazon.fr/YannMalaud)

Collection « Les Approx-Imaginations »

L'Anthologie vraie des Maximes
Approx-Imaginatives (en 10 volumes)

Les Aventures Abracada-
Branquignolesques de Providence,
somnambule-magnétique à la Belle-
Époque.

Leçons de Choses et d'autres (précis
Approx-Imaginatif de Qu'est-ce que
j'en sais-je donc ?)

« … et il versa du thé à l'amante »
(histoires d'amour Approx-
Imaginatives à ne pas prendre au pied
de la lettre)

<u>Collection « Les Chroniques t'Amères »</u>

La dernière gorgée de bière, et autres
contrariétés majuscules (ou les
chroniques t'amères d'un bourgeois pas
vraiment gentil homme)

Les Chroniques t'Amères (de l'humour
vache un peu cochon)

<u>Thriller :</u>
Moi, Caroline…

<u>Théâtre</u>
Le Grand Soir de l'an 2000

<u>Poésie</u>
Petits Métiers d'Antan